❖ ❖ ❖

또다시 사랑을 시작하려 합니다

또(다시) 사랑을 시작하려 합니다

펴 낸 날 2022년 9월 30일

지 은 이   최혜원
펴 낸 이   이기성
편집팀장   이윤숙
기획편집   윤가영, 이지희, 서해주
표지디자인 윤가영
책임마케팅 강보현, 김성욱
펴 낸 곳   도서출판 생각나눔
출판등록   제 2018-000288호
주   소   서울 잔다리로7안길 22, 태성빌딩 3층
전   화   02-325-5100
팩   스   02-325-5101
홈페이지   www.생각나눔.kr
이 메 일   bookmain@think-book.com

• 책값은 표지 뒷면에 표기되어 있습니다.
ISBN   979-11-7048-448-6 (03810)

최혜원 감성 에세이

또다시 사랑을
시작하려
합니다

생각나눔

목차

Part 1 　사랑해…

Part 2 미안해…

Part 3 고마워···

미치도록 아끼고,

사랑하는 _____ 님에게!

prologue 프롤로그

우리가 인생을 살아가면서 서로 마음이 맞는 사람과 '인연'을 맺는 다는 건 우주 생성 원리만큼의 확률이라 생각한다. 이렇듯, 우리는 필연적으로 혹은 우연으로 인해 많은 사람과의 관계 속에서 살아가고 있다.

이번 저자의 다섯 번째 에세이 『또다시 사랑을 시작하려 합니다』는 사랑에 대한 감정들인 설렘, 기쁨, 행복, 슬픔, 이별, 성숙에 관한 내용을 주로 다뤘으며, 목차로는 크게 「part 1. 사랑해⋯」, 「part 2. 미안해⋯」, 「part 3. 고마워⋯」로 구성돼 있다.

결국, 저자는 경험하고 느꼈던 사랑에 대한 감정들을 글로 표현하여 독자들과 함께 공유하고 공감하고자 했다. 이 시대에 말하는 '사랑'이란 과연 어떤 감정을 말하는 것인지 생각해 보거나 혹은 내 주변에 아끼고 사랑하는 사람을 위해 이 책을 선물 해보는 건 어떨까 싶다.

✖

Part 1

사랑해…

✖

✖

✖

하늘만큼 사랑해

매일 혼자서 꿈을 꾸며 상상해
너와 인연이 되기를

너를 생각하다가 혼자 집에 가다가
너의 목소리가 들려서
끌려가

너의 손을 꽉 잡아

널 좋아해, 난 오직 너뿐이야.
널 사랑해, 이젠 넌 내 꺼야.

러브시그널

처음 만났던 그 날부터
오늘을 또 기다렸나 봐
떨리는 내 가슴에 설레어
기분이 좋아

내 손을 꽉 잡아주기를…

떨리는 눈빛도 내 입술도
널 향해 말하고 있어.

어쩌면 좋아
이젠 너 없이 안 되는 걸…

나의 모든 순간이 되어줘

내 곁에 있어줘요

마치 지금도 내 곁에 있는 것만 같아
너 하나만 기억하고 원해요

오늘도 기억 속에 너가 찾아와
하루 종일 떠들어

사랑인걸
너 하나만,
너의 사진을 꺼내어 보고
잠이 들어.

들려줄게

우연히, 너는 나에게 다가왔지
이 설렘, 이 떨림
나도 모르게 시작된 이 사랑

봄 향기에 설레이나 봐

너를 사랑한다고 말하고 싶어
들어볼래?

큰일이다

사랑은 소리 없이 찾아와버려
아무런 이유 없이 전화를 거네요

두근거리는 마음을 달래고
그대에게 전화를 다시 겁니다

오늘따라 너무 그립네요

나, 오늘 너에게 고백할래.

행복하게 해주겠다고
오직, 너만 바라볼게

정말 큰일이다.

별이 쏟아지는 밤

지금 이 순간 너는 너에게
다가와

끝없는 밤하늘에
하얀 별 저 바다만큼
오직 너만을 아껴줄게

나 되어줄게 너에게
어두운 하늘을 밝혀주는
빛의 별이…

그리고 보여줄게
하늘에 수놓은 우리들의 이야기

우연이 아닌 것만 같아서

사랑하는 그댈 보면
바라만 봐도 행복해

그대 목소리 내게 힘을 주는 그대
그대 걸음 못난 날 매일 찾아와주네

그대란 선물
그대라서 난 정말 행복해

봄이 너에게

오늘같이 시원한 날씨에는
걷고 싶은걸

날 바라보는 너
날 더 설레게 해

벚꽃처럼 흔들리는 널 봤을 때
지금까지 너만 보이는걸

잘 모르겠어
난 너가 더 중요해

러브레터

겁이 나 시작이 참 어려웠지
그런 날 안아줬던 너

너를 떠올린 오후
안아줄래요?

많이 사랑한단 말이에요

밤새워 하던 전화
망설이던 말 이젠 고백할래요

내 모든 순간
너와 함께하고 싶어

순애보

나른한 햇살이 비추면
멍해 창밖을 바라보다

너는 어디에서 무얼 하고 있을까
사랑이 뭔데, 자꾸 내 가슴이 뛰네

따스한 바람에
너에게 빠져버렸어

온종일 전화만 쳐다보며
내 마음이 왜 이러는지 모르겠어

또 가슴이 뛰네, 뛰어.

빛나는 당신을 위해

언제였던건지, 기억나지 않아
자꾸 너만 떠오를 때가

사소한 마음이라도
내 마음 받아줄래요?

사랑인가요,
마음이 자꾸 그대에게 향하네요

서로를 만나게 위해
이제야 서로를 위해 하나가 됐네요.

한 걸음씩 발맞춰서

아이처럼 자꾸 설레네요
파도처럼 벅차오르는 게
좋아요

우리 사랑해봐요
나는 당신을 느껴요
당신도 내가 느껴지나요?

달달한 미소로 내게
인사하는 당신

두근대는 기분 좋은 날
달콤한 사랑이 오네요.

How I Love you

그대를 따라 햇살도 춤을 추네요
달달한 미소로 내게
인사하는 그대

곁에 있어도
멀리 있어도

그대와 마주 걷는 이 길 위에서
다시 또 말해요

사랑한다고,
사랑해요.

그대.

나의 오월

다시 봄이 오려나 봐요.
매화도 지겨울 만큼

또 봄이 오네요.

너랑 나랑 하나 되어
봄바람이 부네요

새콤달콤한 날이 오려나 봐요
다시 봄이 오려나 봐요

사랑일까요?

욕심이 생겼어

욕심이 내게 생겼어
몰래 네 모습 훔쳐보는 일
이젠 조금 지쳤나 봐

이젠 용기 내 다가갈래

너무 욕심이 나
너에게
나는 너를 원해

힘들게 떠낸 마음이야
이젠 어쩔 수 없어

내 마음을 받아줘
매일 밤 너에게만 고백할래.

너라는 이유

언제나 너의 곁에 있을게
변함없이 너를 사랑해

변덕이 심한 나에게
있는 그대로의 나를
좋아해 줘서 고마워

그래서 나도 너를
아낌없이 사랑하나 봐.

너를 사랑하는 이유를
말로 표현할 수 없어

내가 너보다 더 많이 사랑할게

어떤 날은

왜 오늘따라 생각이 많은지

잠도 안 오고
큰일이다.

한참을 멍하니 침대 위에 누워서
너만을 생각해.

너도 나처럼 긴 밤을 보내고 있을까?

유난히 긴 오늘 밤이네…

사랑의 시작은 고백에서부터

내가 줬던 손편지를 꺼내보며
처음 느낀 그날의 향기가 나

오늘도 난 네가 많이
보고 싶나 봐

자꾸만 너의 모습이 떠올라
생각보다 네가 많이 좋나 봐

Everyday

설렘 가득 너의 속삭임
너와 나
사랑할 수 있을까

기억해줘, 우리
늘 함께였던 우리
같은 곳을 항상 바라봐

나 오늘도 너에게 달려갈 거야.

봄꽃

따스한 바람이 불어오던 날엔
따스한 미소로 나를 반겨주던 사람

이렇게 너에게 빠졌나 봐
느껴본 적 없는 이런 감정이

눈만 뜨면 그대만 생각나요
그리고 내 손잡아주고

꼭 안아줘요
어 여쁜 나만의 그대

사랑하는 너에게

너의 손 꼭 잡고 그냥
너뿐인 걸 네가 알았으면

쑥스러웠나 봐 사랑한단 말
두 눈을 감아줄래

십 년이 지나도 하루가 지난 것처럼
변하지 않기를
약속해

고마워.

어김없이 이 거리에

아직도 꿈만 같은걸
천사 같은 사람이
날 보며 웃어

사랑해, 셀 수 없이
외쳐도 늘 부족한 말

널 만나서 나 다시
태어난 거야

자 이게 이 반지 껴줄래
내 사랑

꿈처럼

내 사랑이 너의 가슴에
전해지도록

아직도 나의 마음을 몰랐니
널 사랑하겠어

지금 이 순간처럼
너의 호기심을 자극할 수도 있지만,
그만둘게

하지만, 나의 마음을 이제는
알아줬으면 해

우리 깊은 바닷속에서 만나자

잘자

너밖에 안 보여

할 말이 있어,
나 너를 좋아하나 봐
이런 말 나도 처음이야

내가 뭘 어떡하면 좋겠니
너만 생각하면 미치겠어

내가 더 다른 남자보다
잘할게

정말이야, 내 사랑

널 사랑해

첫사랑

아무래도 난 니가 좋아
나를 안아줘.

그대 손을 잡고 날아가
보고 싶은 나의 사랑 운명이죠

숨겨왔던 내 마음을 고백할래
너를 사랑해

나의 모두를 걸어
시간이 지나 모두 변해도
나의 사랑은 그대뿐이죠

우연히 봄

내겐 처음인 사랑
무슨 말로 표현을 할까

그댈 위해 준비한 그 말
사랑해

눈을 감아봐요
내가 그대 곁에 있을게요.

한 걸음 다가와 줄래요

좋을 텐데

이 세상 그 누구보다
널 사랑해

이 감정 나 홀로만 느끼지
않았으면 좋겠어

여전히 네가 보고 싶어
나는 너의 마음 없이는
살 수가 없어

그게 아니면 내 곁에 머물러줘.

그게 정말이니?

자꾸 떨리는 내 어깨를
네가 볼까 봐

눈을 뜨면
네 생각만 해

어쩌면 좋아

그게 정말이니?

사랑인걸

그대는 너무 아름다워요

사실은 처음 봤을 때부터
그대 파도처럼 내게 다가왔죠.

세상에서 가장 행복한 그대로
만들어 줄게요

어쩔 수가 없네요

나도 이젠

네 목소리

사랑한다고 내 귓가에
말해준 네 목소리

함께한 추억들이 그리워지네

널 많이 사랑했나 봐
그랬나 봐

하나둘씩 떠오르지
함께 한 추억들이

그리워지네

너의 밤은 어때

이상하게 맴도는
알 듯 말 듯 한 속삭임.

운명이란 건 때로는 우연인 듯
한 여름밤의 소나기 같아

한 여름밤의 바다를 함께 바라보네요

너의 바다는
무슨 색이니?

너의 발걸음에 빛이 되어줄게

내겐 너 하나로 물든 시간뿐이야
고마워요, 사랑해요

나는 이 사랑 때문에 살 수 있어요
그대 걸어가는 길에 빛이 되어
환하게 비춰줄게요

오직 그대만을 위한 길…

너라는 빛

시간이 흘러도 널 사랑해
세상이 변해도 널 사랑해

아침에 눈을 뜨면 네 생각에
매일 하루를 시작해.

내 모든 걸 다 바쳐서
시간이 흘러도 사랑해

너라는 빛은 너무 깨끗하고
밝아서 끄고 싶지 않아.

너라는 선물

그댈 향한 나의 사랑은
말로 표현할 수 없는 사랑

들어줘요, 제발
그대는 나의 영원한 사랑

떨어져 있어도 이해해요

너만을 사랑해
영원히 널 닮아갈 거야

희생적 사랑

한 번밖에 없는 사랑
그대가 뭐냐고 물어보면

오직 그대만을 위한 사랑이라
대답할게

그대가 원한다면
뭐든 다 들어줄게

배려와 용기

잊어버리지 마

혹시나 다른 사람을 사랑한다고 해도
잊어버리지 마

차가운 시린 내 손잡아줄 때
온기가 느껴져

고마워, 사랑해

나는 너에게

가만히 또 널 바라보고 싶어

또 웃으며 받아준 고백
똑같은 삶을 바꿔준 너는
내 선물

사랑한다는 말 아끼지 마

늘 곁에 있어줄게
다시 태어나도 널 지켜줄게
늘 같은 자리에서
사랑해줄게

너라는 존재

두근두근 소리에
눈떠보니

나를 깨워주는 너의 메시지
항상 너가 떠올라

나를 부르는 눈빛
다시 비가 와도 좋은 그 날에
아무렇지 않은 듯이 부르네

너라는 존재는 참 내게 대단해

너에게

먼 곳에서 누구를
부르고 있어

나는 너에게 가장 소중한 존재
언덕을 넘어 숲길을 헤치고

끝없이 천천히 걸어가네

너에게 향하는 발걸음
너무나도 가벼워

그대라는 꽃

새로운 풍경에 가슴이 뛰고
호들갑을 떨면서
꽃을 들고 그대에게
다가가네요

그대라는 꽃은
정말 신기하고
놀라워

내게 하나뿐인 소중한
사람아,

매일 물을 주며 곁을
지켜줄게요

꽃길만 걷자

평범한 내가
너를 생각하네

너에게 가서
당장 안아줄 거야

좋아해,
좋아한다는 마음 먼저야

보고 싶다
보고 싶다는 말보다 사랑한다고 해줘

우리 둘 다 같이 꽃길만 걷자

태어나줘서 고마워

둘이 하나가 되는 꿈을 꿔
꼭 너를 닮아가는 거 같아

오늘 뭐해
보고 싶어

내일 뭐해
너를 원해

이 세상에서 태어나
내게 와줘서 고마워

사랑해

너의 손 꼭 잡고

너를 원해
보고 싶어

넌 내게 모든 자극을 줘

너란 꿈속에서
허우적대

더 알고 싶어
너 지금 내 생각하니?

너의 두 손 꼭 잡고
같이 피크닉 가고 싶어

정말이야, 믿어줄래?

너뿐인걸

자꾸 네 생각이나
내가 왜 이럴까

너의 목소리도
듣고 싶어

예쁜 웃음소리도
듣고 싶어

자꾸만 네 생각만 나

너에게 달려가서 말할 거야
그냥 네가 좋아

너뿐이야
정말이야

사랑의 조각

널 안아주고 싶어
너에게 달려가

이렇게 말할 거야

솔직히 그냥 네가 좋아
하나뿐인 나의 사랑

자꾸만 너를 외쳐
사랑해, 사랑해

가슴 속 차오르는 말
사랑해

내 사랑

내가 그토록 아끼는 사람
바로 너뿐이야

너무 소중해서 안아보지도 못했어
내가 기쁠 때나
슬플 때나 함께
웃어줘서 고마워요

날 믿고 참고 기다려줘서
고마워요

영원토록 사랑할게요
다시 사랑한대도
그대뿐이에요.

그냥 네가 좋아

어디에서 무얼 하고 있을까

애써 태연한 척해도
들켜버려

또다시 가슴이 뛰네
매일 눈물에 가슴만 시리던 짓이었는데
자꾸만 네 생각이나

나 부끄러워 너무 설렌단 말이야
그냥 네가 좋아

내 사람

너뿐인가 봐
난 너 밖에 생각이 안 나

좋은 걸 보면
좋은 곳에 가면

온통 네 생각만 해
네 얼굴만 떠올라

설레

늘 널 생각해

바쁜 하루의 순간 순간
그 순간에도 너가 생각나

늘 널 생각해
잠이 들어 꿈꾸는 순간도
그런 너를 생각해.

결혼해줘

지금 내가 데리러 갈게
괜히 마음이 조급해
너를 위해 뭐든
말해도 돼

내가 다 들어줄게
오늘 밤 너와 나는 하나가 돼

앞으로도 계속 함께하고 싶어
나의 가족이 되어줘
사랑해

고백하는 말

아무 말 안 해도 돼
내가 다 알아줄게

지치고 우울하다고 느낄 때
나를 불러줘

늘 네 옆에 있을게
나는 너 거야.

나를 가져가

달콤한 사랑

이따가 널 보면 무슨 말을 할까
날씨가 좋다고 말해볼까

나는 수줍어해
어색한 공기만 흐르네, 어휴

오늘같이 햇볕 좋은 날엔
널 웃음 짓게 만들 거야

이 달콤한 꿈에서 깨어나기 싫어.

매 순간

자꾸 기분이 업 돼
장난 아냐.

너와 나는 이미 하나
서로 닮아가는 우리
어쩌면 좋아.

나는 너
너는 나.

어떻게 말해야 할까
그냥 솔직히 말할게

매 순간 네 생각만 해
고마워
사랑해

있잖아요

사실은 처음 봤을 때부터
느꼈어

너와 내가 함께할 거란 걸
먼저 다가가지 않으면
널 놓칠까 봐
편지를 쓰고 선물을 준비했어

간절하고 기도했던 사람이
바로 너야.

어쩔 수 없다. 이젠
내 맘을 숨기기엔

이미 늦었어

함께 걷던 길

얼굴을 붉히고
가슴이 들떠오네

무슨 고민해
우리 이제 같이 걸을래

그댄 알면서도 모를까

저 구름 사이로
우리는 이미 걷고 있죠.

딱 한 번

저절로 네게 눈이 가
너가 눈에 띄는 것도 아닌데

너 때문에
그 모든 게
싫지는 않아

둘만 만나는 날도 아닌데
널 보는 날에는 더 막 설레

딱 한 번은 나를 보고
웃어줘요.

어여쁜 나의 그대

사랑하는 날

아침에 눈을 뜨면 늘
네 생각이나

환한 미소로 늘 시작해
그 누구보다도 난 행복한 사람이야.

내 모든 걸 다 바쳐도
널 사랑해

너를 위해

니 생각에 꽤 즐겁고
니 생각에 퍽 외로워

아무 일도 없는 저녁
밤공기가 좋아서
뜬금없이 네가 보고 싶어

너를 위해 뭐든지 할 거야

참 이상한 일이야
사랑이란 건…

자꾸 생각나

내 곁에 있어줘
아껴줄 수 있어

나는 크게 소리 외치고 싶어
머리부터 발끝까지
너와 함께 라면 즐거워

난 네가 필요해

좋아, 네 모든 것이 좋아
조그만 행동까지
너와 함께라면 즐거워

너의 엔딩

나의 마음을 아마
너는 모르겠지

너의 모든 걸 좋아하지만
두려움이 앞서

날 보고 웃어주는 네가
감사할 따름이야

나에게 보내는 따뜻한 시선
너는 느끼니?

이대로 너를 안고 싶어.

사랑 꽃

네 순수한 마음
난 변치 않길 바래

처음 널 본 날 이상하게도
나도 모르게 그냥 빠져버렸어
어떡해야 널 다시 만날까

밤새 너의 생각으로만 가득해.

정말 사랑한다고 말을 해 볼까
그냥 바라만 봐도 떨리는 이 느낌

말해볼까,
지금 너라는 꽃으로 서서히 물들어가.

안아줘

지저분한 머릴 자르고
언제부터인가 오직 한 사람만
보이는 게

항상 그대의 곁에 있어줄게요
내 사랑하는 동안은
그저 웃으면 돼요

난 영원히 영원히 단 한 사람만
사랑해요

내 모든 걸 다 줄게요
전부,

그러니 따스히
꼬옥 안아주세요.

나의 사랑아

항상 너의 곁에서 너를 지켜줄 거야
너만 있어주면 돼

이 순간을 잊지 않을게
난 변하지 않아

오직 너를 위한 변하지 않는 사랑
말로는 다짐할 수 없지만

늘 당신만을 사랑해요

약속해요.

그대 그대

나 그대
하나뿐이죠.
다른 사람은 눈에 안 들어와요.

나 그대
하나뿐이죠.
그대만을 아끼고 사랑할게요

약속해요.
그대만을…

소원

같이 처음부터 시작해요
우리의 시간

그대에게 나 반한 것 같아
너무 멋져 보여요.

후회하진 않을게요
두 손 모아 빌어보아요

우리 두 사람 같이 사랑하면서
이제 우리 영원히 함께해요.

아름답네요

또 하루가 지나고
그대 사랑으로 가득 채워요

그대 사랑으로
웃을 수 있죠.

달빛과 같은 너의 미소로
나의 모습 비출 때
아름답네요.

우리 한 편의 영화처럼
아름답네요.

너에게… 기대

멈출 수가 없는 내 맘을
알겠니?

이제 너 없는 난 상상도 못 해
미치도록 사랑해

가슴 터질 듯한 사랑을 보여준 사람
단 한 사람

이젠 너에게 기댈 거야
그대, 나에게 기대줘요.

나를 빌려줄게요.
언제든 말해요
달려갈게요.

감사

전부 다 궁금해
나도 궁금해

이 맘이 궁금해
너만 있으면

너를 많이 좋아해
내가 좀 더 기다려볼까

사실 나는 이런 마음이
처음인데
감사해, 이런 감정을
느끼게 해줘서

고마워

마음이 별이 되어

이제 같이해 볼까
나 혼자 너 몰래 시작한 사랑

나의 그 마음이
저 밤하늘의 별이 되어
비추네

이제 같이해 볼까
아니면 조금만 더 기다려볼까

어쩌면 난 너밖에 모르나 봐
자꾸 마음이 이상해

우리들만의 시간

지친 하루의 끝을
함께 해준 사람이

두 손을 잡고
항상 아픔을 함께해

늘 함께하면 돼

항상 서로를 위하고
언제나 곁에 있으면 돼.

우리들만의 행복한 시간
잊지 않을게

✕

Part 2

미안해…

✕

✕

✕

뒷모습

익숙한 번호가 빛나고
또 널 생각해

괜찮아질 거라 생각했는데
자꾸만 떠올라

너와 헤어지고
무거운 발걸음을 옮기는

너의 뒷모습.

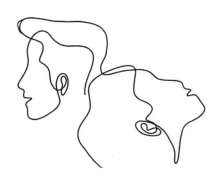

미안하다고 말하지 말아줘

유난히 춥던 1월
웃음 많던 그댈 처음 만났죠.

싸울 때마다 우리는 서서히
이별이란 단어를 입에 올렸어.

기 싸움도 벌였어
미안하다고 말하지 말아줘
그렇게 우린 서로 울었죠.

눈물이 왈칵

말 한마디조차
건네는 게 겁이 나

함께한 시간들이
날 해치게 하지 말아줘.

우리 약속했던 시간
놓아버리지 마.

눈가에 눈물이 왈칵 흐르네
어쩌면 좋아,
이젠 어쩔 수 없네요.

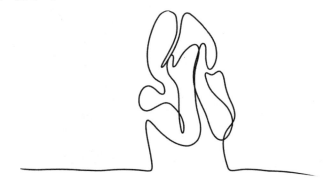

애써

그런 눈빛으로 보지 마
결국 우리의 시간은 끝나겠지만
그래도 아름답게
기억할게

아직은 그 말 하지 말아줘
애써 웃으며
너에게 다가가…

그냥 욕해

널 원하지 않았어

상처받은 내 마음과
더럽혀진 그때 추억

난 너무 네가 싫어
불안했던 우리 모습

잘 몰랐었어, 나는 너에게
사랑을 구걸하지 않았어.

노력

오늘 맘이 아프다
너도 나처럼 아플까

너무 미워 힘들어
못 가 네 곁을 못 떠나

떠나간 사람은 간직할 게 못 돼
내 걱정은 하지 마

그다음 날

난 다시 잊혀질 전 여친
내일이면 후회할 너인데

아닐 거야 그 사랑 잠깐일 거야
진심은 아닐 거야

널 사랑해봤자, 아주 소용이 없어
미안해

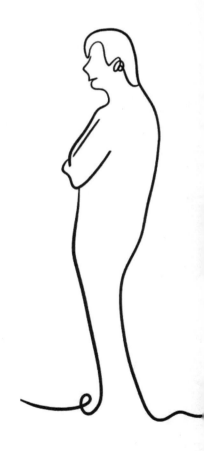

여자이니까

길었던 꿈에서 깨보면
너로 물든 내 하루는
모든 순간이 의미가 있어

나란한 그림자 내 옆에
있는 너
여전히 꿈만 같아

겁이 나

평범한 하루에 네가 있다는 게
거짓말일까 자꾸 겁이 나

너를 몰랐었던 때로
돌아가보고 싶은 건지

마주 보는 두 눈
여전히 꿈만 같아

너무 소중해

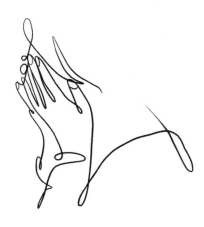

그리워

아직 안녕이 힘이 들어
처음 만났던 날

벚꽃잎이 흩날리던 그 봄날
그 시절이 너무나 그리워

밤새 술에 취했던 날
아직 너를 사랑하는 게
쉬운 일이야

아무래도 난

아직 너를 사랑하는 게
아직 안녕이란 게 힘들어
너만을 사랑하니까

아무래도 난 안 될 거 같아
여전히 난 널 기다려

네가 돌아올까 봐
그 시간 그 자리에
멈춰있어.

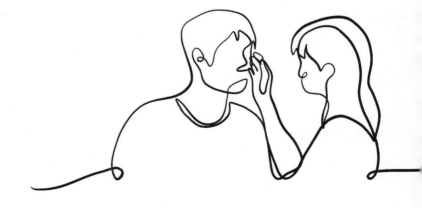

문득

설마 아닐 거야
아마 아니겠지
너의 표정에 써 있는 말

행복했잖아,
사랑했잖아,
너를 떠난다니,
나는 살 수가 없어

영영 너 없이 안 된단 말이야
나는 너를 기다려

그러니까

하얀 달빛이 그대 자리를
쓸쓸히 비추고

별빛에 가슴이 시려 오네요
아무것도 남지 않아요

내 눈물 떨어져요
그러니까 그대라서
놓을 수 없어요.

두 번 다시 없을 사랑이니까.

습관처럼

괜히 또 뒤척여요.
창문을 열어봐도 잠이 안 와요

혼자 걷는 이 밤에
그땐 넌 어땠을까

매일 같이 웃던 그 모습이
이제는 희미해져 가요.

습관처럼 이젠 기억이 안 나요.

비 오는 거리

여느 때처럼 널 만났고
여느 때처럼 또 다퉜어
더 예쁜 모습으로 볼걸

꾹 참았던 눈물이
비처럼 왈칵 쏟아져

이별을 말하는 우리가
모든 게 실감이 안 나.

나만 더 아픈 거 같아.
네가 아니면 다시 사랑 같은 거
안 할 거야.

우린 아직 헤어지기 전

서로 상처 주는 말
더 이상 그만,
이제 우리 헤어지자

너 없이 웃기도 하고
아직은 네가 떠오르곤 해

너와의 추억이
점점 바래져 가

시간은 흐르는데
내 맘은 멈추지 않아

이제 와 이런 말 미안해.

모를까 봐서

네 없이 세상을
살아간다는 건,

어쩌면 우리에겐 너무
힘든 일일지 몰라

그래도 우리가 세상을
하루하루 견뎌 나아가야 해

같은 세상을 살아간다는 것은
함께 있었기 때문이야.

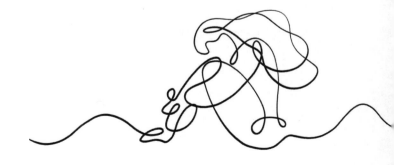

헤어지는 거죠

잊으려 내 맘 다 닫아도
눈을 감아봐도
흐르는 비처럼

기억을 찾아 헤매도
이젠 추억이 될까
두려워

하루하루 기다리는 나
그댄 없이 안 돼.

눈물로 하는 그 말
난 여기 있는데
널 이런 맘으로 그리네.

스토커

니가 없는 그 거리를
혼자 걸었어
니가 없는 허전함을 삼켜내고 있어

우리가 처음 만난 그곳에
아직 우리 추억이 묻어있어

너에게 하고 싶은 말이 많은데
한 달이 지나고
일 년이 지나도

너의 기억에서 살아

아파

내 걱정은 이제 하지 말아요

그대여

이제는 아무렇지 않으니

그대의 빈자리가 느껴지지 않아요

생각나지 않아요

오늘도 난 이렇게 웃어요

더는 아프지 않아

더는 슬프지 않아

그대 없이도 나는 살 수 있어요.

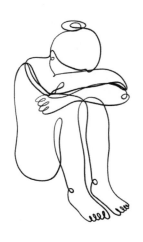

그날 널 만나지 않았다면

너의 동네 지나갈 때면
어느새 네 얼굴 떠올라
그랬나 봐 너를 좋아했나 봐

너를 보고 싶다고
용기 내 전화를 걸고 싶었는데
그게 잘 안돼

바보처럼…

불면증

모두 처음이었어
그대 때문에 설레어
잠 못 드는 이 밤

부디 너를 보낸 게
잘한 일이 되도록
더욱 눈부시게 웃어주기를…

우리 어쩌다 헤어진 걸까

그대 없이 그대와

나는 어쩌다 잊지 못할까
어른인 척 보냈으면서

매일 너를 숨 가쁘게
그리워했던 내가

나 이제는 아무것도 못 해

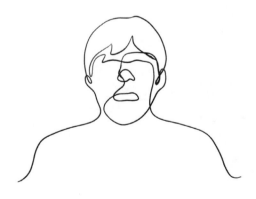

초점

사랑한다는 말도
숨길만큼 사랑해

마음껏 울어도 받아줄게
오직 너에게만 맞출게

누군가를 기다리는 마음
누구보다 잘 아니까

물들어가 너에게 난

울어

그래 내가 지금 할 말이 있어
사실 오랫동안 숨겨왔어

너에게 많이 부족해도
니 모든 것이 너의
사소한 모습까지도

전부 다 좋은 사람
그게 너야

그러니 이제 제발
그만 울어, 이 바보야.

처음이라서

아직 난 그 기억에 살다
나 너를 그리며
또 헤매고 있어

난 오늘도 널 지우려 해
또 자꾸만 너를 기다려
너를 그리워하겠지.

난 오늘도 널 보내지 못해.

끝난 사이

터벅터벅 술 취해
비틀거린 채 너의 뒷모습

그날의 어색했던 그 모습
지쳐 울다 쓰러진다.

한 잔 두 잔 한숨에 마신다.
오늘도 우두커니 빈자리에 앉아
세어본다.

우리 지난날들을…

나만 안 되는 연애

숨이 터져라 널 불러
매일 곁에서 지키고 싶은 말
미워한다 말해도
듣고 있니

넌 곁에 없는데
오늘 지나면 내일은 오는지

오늘 지나면
그땐

너가 그리워

감사라는 말 모르고 있었죠
사랑이라는 말 다 잊고 있었죠

하루 온종일 널 생각해
일도 안 잡히고 집중이 안 돼

네가 생각나
웃고 있던 너와 내가
그게 말처럼 안돼

나 혼자 아픈 건가 봐.

그 날들

우린 오랜 시간 서로 잘 맞는다
생각했지만

지금 곁에 있는 사람이
더 잘 어울리는 거 같애

그저 웃음만 짓는
너와 내가 싫어.

할 말은 참 많지만
여기까지 할게.

잘해줄걸

넌 괜찮니
네 앞의 내가

사실 널 볼 때면 아직
흔들리지만

아직 할 말은 많지만
여기까지 할게

잘해줄걸, 후회돼

어디 있나요

너를 이제 다시
볼 수 없잖아
너를 안고 있는 소리만 들려

너의 온도
너의 촉감
듣지 않고
만지고 싶어

그대 일어나면 이별이
시작돼요.

계절을 담아

나 아무 없이 이별을 기다릴게
오늘은 그대가 날
떠나가는 날이래요.

난 항상 외로운 사랑을 하는지
도무지 이해가 안 되죠.

나만 이런 세상을 살고만
있는 것 같아요.

왠지 오늘만은 그렇게
보내기 싫은지
마지막 날인 가봐요

이상한 날이에요

그 시절

숨어있던 너를 찾고
오늘도 난 눈을 감아봐도
또 네가 보여

아직 난 그 자리에 서 있어
조금 네 맘 가졌더라면

그때 그랬었더라면
어땠을까.

우리만 아는 그 길

아직 내 맘이 너를 지울
자신이 없나 봐.

그때 그랬었더라면
조금 더 잘해줬더라면

아직 곁에 있을까

이제야

진심을 원했어
마지막으로 널 봤던 날도

상처받은 내 마음과
더럽혀진 그때 추억

다 너무 싫었어.

내게 기대어도 돼

불안했던 우리 모습
지켜내려 했던 내 모습

돌이킬 수 없는 우리
서로를 아프게 했던

하지만, 정말 힘이 들 때는
내게 기대

나를 빌려줄게
언제든 말만 해.

너를 사랑했어

긴 겨울에 하얀 눈도
스르륵 봄바람에 녹아내려

눈부신 따스한 봄날엔
그 겨울
그 겨울이 그때의
우리가 참 그리워.

눈부신 봄날 햇살 아래로
차디찬 눈이 내리네.

흉터

우리는 서로를 사랑했을까
난 너를 이해하려고
별짓 다해 봤어.

아픈 흉터 같은 널
잊어보려 별짓 다해 봤어.

너무 미운 놈,
많이 사랑했던 놈.

물들여줘

왜 날 눈물로 적시고 가니
네가 나에게 기대했던 날이
있다면 사랑이 아냐

많이 보고 싶지만 다가갈 수 없어
너로 물든 내 하루는
모든 순간이 의미가 있어

외로웠던 나의 발걸음 옆에
내 곁에 있는 너

여전히 꿈만 같아
이 시간들이 너무 소중해.

조금만 더

돌아가고픈 집이 돼준 너
길었던 꿈에서 깨.

여전히 안고 싶은
이 시간들이 너무 소중해

평범한 하루에 네가 있다는 게
자꾸 겁이 나

어떤 계절

벌써 새 계절이
어느 사이 싸늘해진 밤공기
어떠니 잘 지내니

집 앞을 걷다 네 생각이 나
이렇게 널 떠올릴 때마다
한순간도 놓치기 싫다.

너를 생각하면 여전히
아늑해.

친구 사이

얼려둔 내 맘이 깨어났죠
어느새 내 맘 다녀 갔나요

벚꽃잎이 햇살 가득 내려
그대 날 찾아요.

언젠가는 닿기를
피고 지는 계절 끝에
이제는 그대와 나
연인이 아닌 친구 사이로 돼버렸죠.

알아봐주세요. 나를
그토록 기다린
나를

잘 지내

안녕, 미련 없이
돌아선 네 끝인사

뜨거웠던 우리 계절이
안녕, 잘 지내니 요즘
넌 어때

안녕, 썼다 지웠다를 반복해
안녕 안녕 안녕이란
처음과 끝이 바보처럼 매일
나를 울려

괜찮지가 않아

미안함을 이제야 전해
잘 지내야 해 꼭
행복해야 해

나 같은 건 모두 잊고
더 좋은 사람 만나
예쁘게 사랑하길 바래

속마음은 애써 눌러 말해보지만
괜찮지가 않아.

다가오는 이별

미안해 내 탓이야
너도 힘든걸
난 다 아는데
아마도 넌 내가 바본 줄
아나 봐

아마 너와 나는 착각 속에
서로를 가둬둔지 몰라

걱정 어린 네 눈을 볼 때면
나는 혼자 있는 것만 같아.

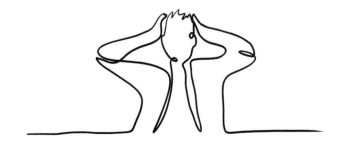

낯설어

나는 혼자 있는 것만 같아
그래도 너에게
티 내기 싫어
나는 혼자 참는 게 익숙해

그대로 너에게
숨기기 싫어

모든 게 낯설어
날 이해해줘.

비가 내려와

오늘의 날씨를 찾듯이
너라는 검색을 해

우리의 하루는 부디
아무 일 없길

너와의 시간들은 많이
흐려졌어.

미안해, 이젠 안돼
돌아갈 자신이 없어.

우리의 바다

그리워요
그리워서
어떡하나

너를 불러보지만
아무 대답 없는 그대

난 절대 인정 못 해
기억하니?

너 없인 하루도 살 수 없어
너도 울고 있잖아.

태양은 가득히

눈을 감아봐도
내 맘 다 닫아도
흐르는 비처럼
눈물이 그댈 그리워해

이젠 추억이 될까
두려워요
태양은 아직 뜨거운데
우리는 얼음처럼 차갑죠

내 맘이 원하는 건 그대
한 사람뿐인데
눈물로 하는 그 말

안아보고 싶어

무슨 일 없는지
지겹던 너의
잔소리가 너무 그리워

안아보고 싶고
보고 싶고
목소리도 듣고 싶어

그렇게 나 하나밖에 몰랐어
하루에 수백 번씩 후회를 해

봄 사진

이젠 곁에 없지만
너를 아직 잊지 못하고
그저 한 번이라도 다시
볼 수 있다면

자꾸만 너와 나의 봄을
꺼내 들여다보곤 해

이젠 곁에 없지만…

겨울 봄

날 기다리는 걸까
커플들의 세상에
나만 혼자 걷는데

오랜만의 약속에 설렌다.
이제 연애 좀 할래
흑백사진 같은 거리에
바보같이 웃는 너

긴 겨울이 지나고
이제야 따스한 봄이 오나 봐

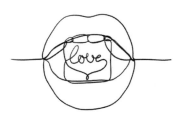

그게 너라고

혹시 그대를 볼까
기대를 해봐도
난 널 볼 수 없어

내 삶의 전부였던 널
보내고 나서
끝났다는 걸 알았어

나 두려웠고
견딜 수 없을 만큼
힘들어.

500일

빈 방에 널 불러보고야
느꼈어 너의 온기가
차가워졌다는 걸

두려워 모든 게
변하는 게 싫어
어린아이 같아

난 슬픔을 못 이기잖아.
너란 조각이 없어졌어.

그랬나 봐

꿈이었나 봐
네가 내 어깰 토닥이며
날 보고 웃어
아무 말 없이 나를 끌어안아주던

그래 우리 오늘 이별한 거야
피곤한 눈 비비며 그댈 찾던
어디 다칠까 봐 멈췄던

그랬나 봐,
나는 널 정말 사랑했었나 봐.

읽어줘

그 거리 그땐 우리 좋았지
따스한 손 잡고
행복했던 날

아직도 내 눈에 아른거려
어제도 오늘도 자꾸
네가 떠올라

난 슬퍼 울기만 해.
제발 나의 마음을 읽어줘.
애써 괜찮은 척하고 있단 말야.

여전히 너는

꼭 잡아주던 네 손
날 바라보며 지어준 그 미소

아파도 지쳐도
아직까지 난 널 기다려

여전히 너는
아름다워,
사랑해, 미안해, 고마워.

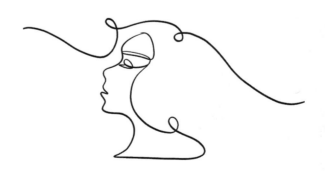

처음 만날 때처럼

몰래 한 걸음 더 다가간다.
문득 네가 없는 그리움에
혼자 아파서 운다.

그러다 잠이 들어
널 만나는 꿈만 꾼다.

어쩌면 좋을까
지우고 싶다. 너만 생각하면
아프니까

어느새, 가을

한숨만 내쉬던 하루가
또 하루가 간다.

결국은 나 혼자
이렇게 또 지나간다.

결국엔 너를 이렇게
그리워하다
어느새, 가을이 온다.

추억은 또 다른 상처가 되고
나에게 말을 건다.

조금만 기다리면 봄이 온다고…

언젠가, 우리

사랑인 줄 알았어
사랑하지 않는데
사랑을 몰랐대

눈물이 왜 나는데
사랑은 아닌데
왜 자꾸 눈물이 나는데

사랑이 깊어서
이별이 된 거겠죠.

틈

다시 사랑할 수 있을까
변해버린 하루에
원망만 하죠

다시 돌아갈 수 없죠
조금만 사랑했다면
떠나지 않았을 텐데

미안해요.

너와의 다툼

그땐 우리 둘 다
철이 없었나 봐

태어나 처음 마음에
맞는 사람을 만나서

행복한 시간뿐이었어
잘해주지 못해서
미안해

사실 너가 너무 보고 싶어
겉으로는 티가 안 나게

너무 그리워.

그대는 나에게

세상에 부러울 거
하나 없이 좋았어

나도 너만 기다렸어.
너에게 사랑 주는 게
그렇게 좋았어.

그대는 나에게 없어서는 안 될
소중한 존재야.

시간이 지나면

같은 마음뿐이라면
당장 널 안고서 달려가
사랑했었다고
말할 거야.

말하고 싶어, 아직은
너를 지우지 못했다고
시간이 지나면 알게 되겠지.

나에게는 너뿐이라고
내겐…

햇살 가득한 방

괜스레 걱정 말라며
두 손 꼭 잡고
세상에 너와 내가 서있어

절대 등 돌려 눕지 않기
미안하다는 말 먼저 하기
난 이제야 이 자리에 서있어

햇살 가득한 방에서
단둘이 그 어떤 말보다
나를 단단하게 해

너의 말 한마디가

점점, 잊혀져 가

턱을 괴고 창밖을 보니
눈이 날아다녀요

바보 같기만 하지만
저 사람들은 행복해 보여

그때 네가 생각나더라.
너와 손잡고 걷던 그 순간

하지만 봄이 지나 여름, 가을
겨울이 되면서 점점
잊혀져 가.

허무하기만 해.

오랜만이죠

들려오는 그 작은 속삭임

나 가는 그 길에

내일이 오기를

언제라도 웃을 수 있기를

다시는 볼 수 없으니

애타는 마음을 아는지

모르는지

알 수가 없네요.

하지만, 그대 얼굴 보면

그때, 참 오랜만이죠

여전하네요, 그대

허락

그저 너를 생각하는
시간만이 존재할지도 몰라

그저 너를 생각하는 시간만이 존재해
하루가 다시 흘러가 버렸어
바라만 보고 있어도 또다시 불안해,
또다시 사라질까 봐

널 슬프게 할까 봐
너를 위해 미소를 덧입혀
채워 그린다.

내 마음을 받아주겠니,
그대여

없는 번호

너는 못 견딜 거야
강한 첫 티 냈지만
집에 가면 혼자인 게
겁이 나 먼 길을 돌아 걷던 나

네가 더 힘들 거야
함께 한 메시지
함께 찍은 사진들
지우기엔 뭔가 울컥해서 멈췄어.

우리였던 우리는 이젠
안녕,
기억 속으로 잊혀져 가.

Part 3

고마워…

사실

혼자서 밥 먹기 싫을 땐
다른 사람 찾지 말아요.

그대 곁엔 세상 누구보다
그댈 이해하는
내가 있으니
오랫동안 지켜왔죠

그대 빈자리
이제 편히 들어와 쉬어요.
고마워요. 그대.

그런 사람

난 너에게 늘 감사해
오늘이 지나가도
날 잊지 않길 바래요.

내 보통뿐인 나날에
난 이미 너를 사랑해

오늘이 지나가도
내 손을 잡아줘요
난 이미 그댈 사랑해요.

기억의 나날

길을 따라가다 보면
같은 기억

많은 게 변했네
하지만 여긴
그대로인데

우리는 너와 나
이제 돌아갈 수는 없지만

작았던 서로를 기억해
반짝이던 네 두 눈.

내 사랑 내 곁에

아주 높이까지 오르고 싶어
가벼운 발걸음 닿는 대로
끝없이 이어진 길을
걸어가네

가슴이 뛰고
별것 아닌 일로
호들갑을 떨면서

그대에게 곁으로 가는 길
너무 가벼워.

봄을 기다려

후회도 없이
미련 없이
날아가

긴 잠에서 깨워준 그대
너의 유리처럼 맑은
미소가 나를
웃음 짓게 한 거야

긴 겨울 지나 봄을 기다려

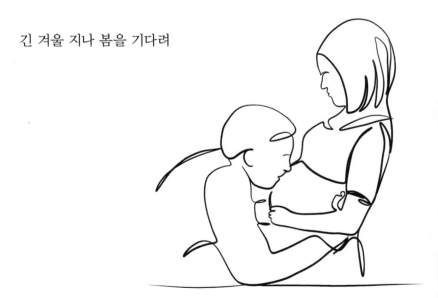

별이 뜬 곳에

조금만 더 가까이
한 발자국 다가갈수록
조심스레 너에게
꼭 할 말이 있어

울지마 괜찮아
언제나 난 네 옆에 있어
조심스레 내게 기대

날 비춰주는 건 너야
그게 너야
우린 무엇보다 빛나는 존재야.

너를 원해

혹시나 마주칠까 봐
어딜 보는 걸까

너도 내 맘과 같은 맘이니
인사해보고 싶은데
말도 못 꺼내

어쩌다 마주칠 때면
내 몸은 너를 원해
너도 내 맘과 같은 맘이니

Sweet Night

참 사소한 몸짓 하나에
의미를 두게 돼

한참을 바라보았지 너를
머뭇거리는 첫인사에

커다란 의미로 다가오네
신기해, 너라는 이름
난 왜 이리 재밌는지

널 보면 웃게 돼
이상하게…
잠 못 이루는 이 밤
어쩌면 좋아

잘 지내자, 우리

난 너에 취해
너랑 내가 우리가 되던 날

네가 수줍게 말을 걸 때
술에 취한 듯
너무 좋은 이 기분

그 향에 취해
설레던 그 느낌
두근두근
우리 잘 지내보자.

봄 내음보다 너를

하루 이틀이 지나도
네 생각뿐

바람도 딱 적당하구요
왠지 좋은 일이 생길 것 같아요.

또 겨울만 다시 보게 돼요.
지금 떨려 죽겠네요
며칠 동안 잠 못 이루네요.

핑크빛 봄 내음보다
너의 미소향이 나를 녹여

그렇게 말해줘서 고마워

이 모든 게 꿈인 것 같아요
어쩌면 우리 둘이었는지
기적이었는지도 몰라요

새로운 나를 깨달아요
내가 어떻게 살았는지 몰라요
우린 너무 가까워졌죠

나를 믿어요.
세상 끝까지 함께할게요
고마워요.

모처럼

밤마다 기도해
너에게 대한 건
사소한 것도 기억해

매일매일 자라는 사랑
다가가도 될까
바로 보는 것도 싫어할까

온종일 맘이 좋다 싫다를 반복해
모처럼 그대에게 다가가 말해요.

이 사랑 좀 받아줘.

안녕, 내 전부였던 너

머릴 안 감아도
향기 나
누가 뭐라 해도 너는
내 사람
키스해줄게

매일 평생을 약속할게 나,
발도 씻겨줄게
머리도 감겨줄게

오늘도 그대만

나를 봐 나를 봐
아침을 깨는 소리
여물어가는 로맨스 꿈꾸고

정말이야 널
좋아하는데

빨갛게 익은
내 얼굴이 증명하고 있어

오늘도 그대만
생각하고 사랑하네요.

다시는 아파하지 않게

늘 서투른 넌
오늘도 고민하곤 해

다시는 아프지 않았음 해
또 니가 중요해
널 많이 아껴줄 사람

고민 많은 넌 항상
내게 묻곤 해

내가 힘이 돼 줄게

난 당신의 고요함이

그 날 밤 우리 둘
아른거려 네 모습

오늘 눈 뜨자마자
또 우리 생각뿐

뜨거운 우리 숨소리까지
기억나
다시 눈을 감아.

난 당신의 고요함이 좋아.

너로 물든다

문득 생각나 그 시절
향기나던 그 계절
꽃향기로 가득 했어

아름다울수록
그때부터였지
꽃이 필 때쯤
너의 향기에

천천히 물들어가.

내 마음을 누르는 일

포근한 햇살이 내린 날이면
널 안아주고

한걸음 가까이 조심스럽게 나
고백할 거야

널 보면 괜히 웃음이 나
오가는 대화와
우리가 보낸 날들이
소중해져

영원한 니 편이 돼줄게
이런 내 마음을 누르지 못하겠어.

요즘

이젠 모든 계절의 봄이 되죠
어제보다 빛나는 너에게
이 마음을 전해요

그 따스했던 손길이
밤하늘에 아름답게 수놓았던
아름다웠던 우리 모습을
그대 내 맘 알까요

난 요즘 그대만을 생각해요
나 웃을 수 있는 날이
드디어 찾아왔죠.

너를 위해

그댈 다시 볼 수 있다면
그 아픔 속에서 그댈 불러
그대는 나의 영원한
사랑이죠.

그댈 위해 뭐든 해요
날 아직 사랑한다면

그대를 원하죠
사랑해요. 그대

그대만 사랑하는 나를 아나요.
그대를 불러봅니다.

꽃이 핀다

언제든지 내게 말해줘요
혼자서 아닌 척 괜히
버티지 말고

어차피 모두 다 지나갈걸
오늘따라 뭔가 시큰둥한 건지
속상해,
걱정돼

그만 널 미워하고
날 안아줘요.

그대라는 세상

가득한 너의 미소
이 순간이 꿈만 같아져
이대로 시간을 멈출 수 있을까

이대로 내 맘을 전할 수 있을까
너의 향기에 취해
어지러워져

온 세상이 그대뿐이죠
오직 그대라는 세상 속에서 살래요.

꽃길만 걷자

나를 많이 닮은 듯 너를
지금 괜한 기대를 해

내 하루를 채우고
입가에 맴도는 말을
할 수가 없어

우리 함께하면 될 거야
꽃길만 걷자, 그래 함께

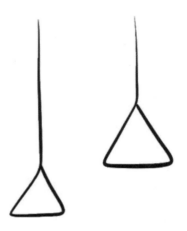

살다가 한 번쯤

말해볼까
지나가는 말처럼
재미없는 농담처럼

아무 생각도 안 했다고
태연하게

말할까
오래 기다렸다고…

미치게 보고 싶은

네 손을 꼭 잡고
걷고 싶은 밤인걸

어느새 우린 그 끝을 모른 채
선을 넘은 그 순간
아찔한 그 순간

서로에게 힘을 빼
미치게 보고 싶은 이 밤.

나 이젠

난 말야
의미 던지는 말에 상처받았지

잘 지내 왔는데
아무 소용없는 것 같아

아무 말도 못 하고
나 이젠 달라질 거야

나에게 먼저 다가와
나의 삶에 변화를 준 너

고마워.

마음으로만

지금 내 마음을

설명하려 해도

이미 나는 네 안에 있는 걸

우린 서로에게 이미 길들여진 지 몰라.

너무 예뻐

자꾸 내 머리가
너로 어지럽던 시작

자꾸 늘어가서 조금
당황스러워

내게 자꾸 말 거는 게
어색한걸
그대 나와 같나요

마음이 자꾸 그댈
사랑한대요.
너무 예쁜 그대,
나에게 다가와줘요.

사랑해 기억해

뒤에서 나를 안아주세요.
내 어깨에 속삭여줘요.

오늘 뭐할 거냐고
나의 뒤로 다가와줘요.

아직 내가 그댈 안아주는 건
부끄러워요.

사랑해요
이 온기 기억해줘요.

기다릴게

안녕 오래 기다렸니
나 지금 기분이 딱 좋아

너에게 갈 준비됐어
오늘 컨디션은 어떠니

하루 종일
단단히 맘먹었지.
그래, 이 정도야 기다릴 수 있어
오직 너를 위해.

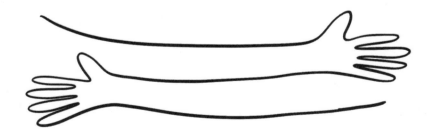

다 예뻐

아름다운 그 맘을 잊지 못해
내 어깰 꽉 쥐고
넌 아마 모를걸

네가 좀 더 내게
표현하면 될까

혹시 그 날 봄을 기억하니
우리 처음 맞이한 봄을
너는 너무 예뻐

예뻐서 나는 그 순간
숨이 멎은 것 같았어.
너무 아름다운 나의 그대.

너야

흩날리는 꽃잎은 쌓여가고
가벼워진 옷차림 탓을 해도
왜 난 더 허전한 건지

그대 없이 난 아무 의미 없는걸

나의 봄은 온통
그대뿐이라오.

이런 남자

그대는 나에게 햇살 같은
미소를 보이지만
잡힐 듯하다가도

멀어지는 그대여
조금씩 다가와줘요.

그대는 나만의 햇살
이런 남자에게 다가와요.
이 손을 놓지 마요, 그대여

그립고 그립다

서운했잖아
기다렸단 말야
넌 왜 연락 안 했니,

아직은 사랑이 아니라고 해도
좋아, 이 느낌이 좋아

기다렸단 말야, 니 번호 뜨길
아직까지는 그리워
그립나 봐, 너가

그녀에게 다가가다

아침에 일어나
너에게 짧은 인사를 건넨다.

늦은 밤 너에게 편지를 쓸 때
어깨가 움츠러들 때도
너를 떠올린다면
씩씩한 표정 지을 수 있어

언제까지나 너는 나만의
그대.

사랑은 비를 타고

하루 종일 기분 좋고,
설레는 날

또 보고 싶은 너의
얼굴 떠올리는 날

마음 가득히 떠올라
너와 함께 한다면 어디든
상관없어.

고백 직전

봄이면 네가 찾아올까
따뜻한 봄날이
다시 또 돌고 돌아

얼었던 내 맘에 꽃이
피어나듯이
한눈에 널 알아볼 거야

이젠 말할래
봄날에 우리 꼭 다시 만나자.

해피

좁은 길에 햇살 비추면
모든 것이 의미가 되고

꾸밈없는 네 모습 그대로
좀 더 특별한 하루
좀 더 멋진 모습에

그냥 있는 그대로
사랑도 이렇게 자연스럽게
하면 되는 거야.

행복해, 이 감정 너무
벅차올라. 어쩌면 좋아.

너라는 나비

도망치듯 날 유혹하듯
네가 흘리는 향기에
난 취해 달리다가

정신을 차렸을 땐
이미 너 밖에
안 보여.

제발 내게로 와줘
내 곁에 와서 앉아줘.

바보

머물다 가셔요
내겐 긴 여운을 남겨줘요

사랑을 해줘요.
그럴 수만 있다면

새하얀 빛으로 그댈
비출게요.

난 몰래 그대밖에
모르는 바보가 돼.

달리자

힘든가요
지겨운가요
숨이 턱까지 찼나요.

쏟아지는 햇살 속에
입이 바싹 말라와도

끝난 뒤엔
오랫동안 쉴 수 있다는 것

따스한, 눈꽃

두 손 녹이던
우리의 입김
나를 안아주던
그 온기까지

너와 함께 보내던 그 순간
포근한 눈꽃처럼
마음들도 덮어줬었지

날 사랑해준 마음의 온도였었지
따뜻함은 너였어.

꽃 한 송이

향기로운 노래가
바람에 실려 와
아무 이유 없이 좋아

너랑 듣고 싶어
저 나무 위에 핀
작은 꽃 한 송이

넌 내 안에서 번져.

본능적으로

봄처럼 내게 와줘
꿈처럼 내게로

이젠 봄이 오려나 봐
너를 처음 본 그 거리에서
네가 좋아하는 공원에서
소풍할까

본능적으로 몰라 그냥
웃음이 나.
더는 기다릴 수 없어.

좋은 일

답답한 맘에 얘기해봤는데
더 이상 무슨 말이 필요해
서둘지 말고 한 걸음씩
즐겨봐

웬만하면 크게 웃고
다시 시작해봐

그대와 함께하면
좋은 일이 있을 거야

이미 그땐

또다시 봄이 왔다가네
아주 자연스럽게
사랑이 오고갔던 날들

또 다른 사랑이 올 거야
애써 나를 달래던 말

그때 나는 너무 어렸던 걸까

어른

머무는 맘이 고마운 줄
이제야 알았어

고마웠던 내 사랑 안녕
미안했어 어린 날의 고집들

이제 어른이 됐어
고마워, 내 사랑

잘

그대가 날 어루만져줘요
편안히 잠들 수 있게
포근한 나만의 자장가

간절히 원해요
온 세상에 비가 내려
내 마음도 편안해져

초콜릿

내 가슴은 마냥
두근두근
생머리 휘날리며

머리에서 발끝까지
나를 사로잡네

네가 좋아
너무 좋아

내 마음은 아이처럼
초콜릿처럼
순수해요. 달콤해요.

오늘 밤

습관처럼 마음이 아려와
집으로 가는 길은 멀어지는데
나만 왜 이렇게 힘든 건가요.

오늘 밤이 왜 오늘의 나를
괴롭히죠.

사랑해요

짧은 시간에 그렇게 우린
가까워졌어
참 신기한 일이야

말이 참 잘 통해서
설렘을 가득 채워
사랑해,
고마워.

내 곁에 있어줘서.

그대와 춤추는 밤

어떤 말로 고백을 할까
처음 본 순간 미칠 것 같은데
널 사랑해

사랑해서 좋다
다른 말로 설명할 수 없어
너와 함께라서
그냥 좋은 거야.

이 밤이 더 길어지기를 기도해.

꽃

널 생각하면 벚꽃잎이 생각나
그 향기에 흠뻑 취해버린 기분이야

하루 또 하루 난 너를 향해 달려
좋으면 그래 조금 부끄러워져
널 생각하면 향기로운 향수

온몸을 감싸는 기분이야
어쩌면 좋아.

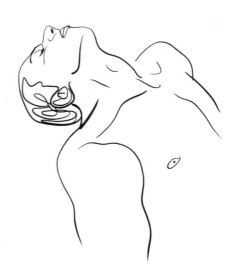

빛

널 보러 가는 길
왜 이리 급한지
유난히 서두르게 돼

설레게 넌 나에게
하얀빛 같은 존재야

이런 내 맘
변치 않아.

안아줘

첫눈에 난 내 사람인 걸 알았죠
내 앞에 다가오네요
정말 눈이 부시게 아름답네요.

용기 내 볼래요.
그대에게 더 가까이
다가갈래요.

꼬옥 포근하게 안아줘요.

농담처럼

너의 말투 표정까지도
매일 밤 떠올려

왜 자꾸 이러는 건지
누구보다 걱정돼
당장 안아주고 싶어

항상 네 목소리만 들려
농담처럼 건넨 인사도
예쁘게 받아주는 그대

고마워요, 내 사람.

눈치

그댈 좋아했다고
말하기가 참 어려웠죠.

두려움이 앞선 건 사실이지만
간절한 마음으로
그대이길 바래요.

자꾸 그대 눈치만 보네요.
밥은 먹었는지
잠은 잘 잤는지

항상 뭐하는지 궁금한데
물어보질 못하죠.

백허그

너만 있다면 나는 행복해
너에게 먼저 용기 낸 고백
그대는 너무 부담 갖고 있는 거 같아

지금처럼 내게 귀 기울이면서
사랑해줘요.

그대 품에 안겨
뜨겁게 사랑할래

고백

실수인지도 몰라
그래, 나 취했어
아침이면 생각이 안 나

하지만 오늘 밤에는
해야 할 말이 있어

언제나 네 앞에서면
나는 바보가 돼

이젠 고백할게
처음부터 너를 사랑해왔다고

속삭여줘

포근한 네 품에 누워
달콤한 네 향기에
스르르 잠이 드네

속삭여줘, 가만히
다가온 너에게
키스해

우리의 봄

서로의 이 마음 기억해
나른한 햇살에
매일 마시는 초코라떼

오 나는 꿈을 꾸네
바래지 않는 그림
우리의 따스한 봄을
맞이해.

Kiss me

언제가 좋아요
오늘은 어때요
너무 이른가요

내가 너무 들떴나 봐
나는 다 좋아요

그댈 만나면
나는 아직도 좋은데

내게 다가와줘요.
따스히 입술을 녹여줘요.

부끄럼

잘 가요, 그대
헤어질 때도
인사말을 해요.

또 연락할게요
보고 싶은 마음에
안고 싶은 마음에

내가 너에게
푹 빠졌나 봐
아이처럼 부끄럽네요.

봄날에 만나자

너에게 할 말이 있어
우리 봄날에
만나자

니가 안아줄 때면
너무 행복해

하지만 가끔은
두려워 너가
떠날까 봐

평생 함께하고 싶어
이 추운 겨울을 함께
견디고 따스한
봄날에 만나자.

흰색 달빛

그대 목소리 듣고
조용한 푸른 새벽에
흰색 달빛 맞으며

그대에게 전화를 걸어
그대 목소리를 듣고 싶어서
참 다행이야

온통 네 생각에 잠을 못 이뤄

네 향기

하얗고 붉어진 꽃잎

하나 볼 때

봄이구나 그럴 때

너도 나와 같은 색일까

문득 궁금해

불어오는 바람에

네 향기가 나

또, 보고 싶어

모르겠어, 도대체
내가 왜 이러는지
갈수록 증세가 심각해

네가 내 눈앞에
아른거려

심장이 고장 난 듯이
자꾸만 두근거려

또 보고 싶어.

네 생각

다른 누구도 아닌
너와 단둘이
네가 아니면 안 돼
나는 네가 필요해

혼자 수도 없이 되뇌던 말
오늘은 말할 수 있을까

고마워, 사랑해
나도 모르게 튀어나온 말
항상 네 생각나더라

시선

시선을 피해
너보다 내가 더 원해
당황하는 네가

더 보고 싶어서 그래
더 안고 싶어
자꾸 두근대

조금만 더 아끼다가
말해줄게
조금만 더 감추다가 보여줄게

달빛이 그린 길

흐려져만 가는 우리 기억처럼 서있죠

밝게 웃던 그대 모습이

잊혀질까 봐 겁이 나

그대가 날 찾고 있다면

달빛이 그린 저 길 따라

와줄래요.

항상 그대 앞에 밝게

내가 서 있을게요.

그 길 따라오기만 해요.

고마워요, 나의 그대.